英国医学会组织编写

家 庭 医 生 丛 书

骨质疏松症

英国医学会组织编写

骨质疏松症

（英）Dr. Juliet Compston 著

胡淦英 刘礼斌 译 林肖瑜 校

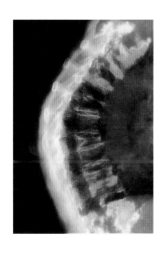

福建科学技术出版社

(闽)新登字03号

著作权合同登记号：图字 13-2000-16

A Dorling Kindersley Book

www.dk.com

Original title: OSTEOPOROSIS

图书在版编目(CIP)数据

骨质疏松症/(英)康普斯通(Dr. Juliet Compston)著；胡淦英，刘礼斌译.
—福州：福建科学技术出版社，2000.10
  （家庭医生丛书）
  ISBN 7-5335-1688-5

Ⅰ.骨… Ⅱ.①康…②胡…③刘… Ⅲ.骨质疏松症-诊疗

Ⅳ.R681

中国版本图书馆CIP数据核字(2000）第26377号

家庭医生丛书

骨质疏松症

（英）Dr. Juliet Compston 著

胡淦英 刘礼斌 译 林肖瑜 校

*

福建科学技术出版社出版、发行

（福州市东水路76号）

各地新华书店经销

福建省地质印刷厂排版

东莞新扬印刷有限公司印刷

32开 3印张 56千字

2000年10月第1版

2000年10月第1次印刷

印数：1-10000

ISBN 7-5335-1688-5/R·329

定价：18.00 元

书中如有印装质量问题，可直接向承接厂调换

目　　录

引言　　　　　　　　　　　　　　　　　　7

骨质疏松症是怎样发展的　　　　　　　　11

什么人会得骨质疏松症　　　　　　　　　19

骨质疏松症的症状和体征　　　　　　　　26

骨质疏松症的诊断　　　　　　　　　　　35

骨质疏松症的一般治疗　　　　　　　　　42

自我调理　　　　　　　　　　　　　　　48

骨质疏松症的激素替代疗法(HRT)　　　　55

骨质疏松症的非激素替代疗法　　　　　　69

不常见类型的骨质疏松症的治疗方法　　　84

问题与解答　　　　　　　　　　　　　　88

术语　　　　　　　　　　　　　　　　　90

索引　　　　　　　　　　　　　　　　　91

记录　　　　　　　　　　　　　　　　　96

引言

骨质变脆、骨折、背部弯曲以及身长缩短都是我们司空见惯的，常被认为是年龄老化的必然结果。实际上，这些是一种名为骨质疏松症的疾病的症状。若能早期采取措施，骨质疏松症是可以预防的。

骨质疏松症如不进行治疗即可成为老年人痛苦、行动不便和死亡的主要原因之一。所幸的是，不论医生还是公众，对骨质疏松症的认识正在不断提高，并且诊断和治疗方法也已取得重要突破。

什么是骨质疏松症

骨质疏松症指的是各种原因引起的骨质多孔化及骨质变薄，绝大多数发生于老年人。随着年龄老化，发生骨量减少是一种普遍的现象，但严重至容易发生骨折，就成了一种疾病。健康的年轻人骨质坚硬，只有在受到严重损伤(如车祸)时才会断裂。老年时及患某种疾病时，骨质变薄变脆，容易断裂。这种脆性骨折是骨质疏松症的标志，常发生在

脆性增加
骨质疏松症使骨质变得脆弱，老年妇女摔倒时极易发生骨折。

腕骨、脊柱和髋骨。随着年龄的增长，由骨质疏松症导致骨折的危险性会与日剧增。80岁人群中有1/3的女性和1/5的男性可能发生髋骨骨折，脊柱骨折的发生概率与此相同。50岁以上的人群中，女性因骨质疏松症导致骨折的可能性为40%，男性约为13%。在英国，每年由骨质疏松症引起的骨折约有25万例，其中6万例为髋骨骨折，5万例为腕骨骨折。

虽然骨质疏松症最常发生于老年妇女，但同样可发生于男子，并还可发生于自儿童期起的任何年龄段。世界各地骨质疏松症的发病率相差甚远，在西欧和美国尤其常见，骨质疏松症对欧洲白种人和亚洲人的影响大于对美国黑人的影响。

全世界人口寿命都在延长，人口中老年人数量在今后50年将剧增，这就使得由骨质疏松症引起的骨折数字将翻一番，甚至更多。

骨质疏松症导致骨折所带来的痛苦和伤残是西方国家众多老年人的一个主要的健康问题。骨质疏松性骨折也是老年人的一个重要死亡原因，15%~20%的髋骨骨折患者，可在6个月内死亡。

用于治疗骨质疏松症的卫生经费耗资庞大。据估计，在英国，每年需花费9500万英镑治疗因骨质疏松症而骨折的患者，而且随着老年人口的增加，这些费用还将急剧增加。

病例1　疾病相关的骨质疏松

弗雷德患Crohn病(一种肠道炎症)，16岁时，他接受了多次手术，切除病变的肠段，并接受激素治疗。22岁时，他出现剧烈的背痛。X线显示他的骨质变薄，并已有一个椎骨被压缩。他被确诊为骨质疏松症后，接受了减轻痛苦及阻止骨量继续减少的治疗。这一病例表明使用甾体激素与病变肠段营养吸收减少的共同作用可导致骨质疏松症。

病例2　绝经后骨质疏松

玛丽平素健康，从未骨折。56岁那年她一次外出购物时滑倒，手部伸位着地，造成腕骨骨折。她被当即送往医院，医生给她手臂打上了石膏。几周后矫形外科医生检查证实骨折已愈合。但转科进行骨密度检查后，发现她已患骨质疏松症。医生建议她接受激素替代治疗。这个病例未发现易患因素，被诊断为绝经后骨质疏松症。

病例3　提早绝经

辛西亚，70岁，就医前她注意到近几年她的身高减少了数厘米，同时脊柱变弯，体态改变——腹部粗圆，看不出腰身。由于持续站立会使她背部不适，所以她从事家务和购物等日常活动日益困难。她早年身体健康，只是在41岁时提早绝经，当时没有接受过激素替代治疗。X线检查显示她脊椎骨质疏松。她接受了理疗并服用能防止骨量进一步减少的药物。这一病例表明，提早绝经很可能是严重脊椎骨质疏松症的主要原因。

要 点

- 骨质疏松是骨量减少的结果，骨骼因此而容易被折断。
- 骨质疏松症常发生于老年妇女，但同样也能发生于男性，并可发生于任何年龄。
- 约有1/3的80岁妇女和1/5的80岁男子可因骨质疏松而致骨折。

骨质疏松症是怎样发展的

骨是有生命的结构，由蛋白质和矿物质组成，它能持续不断地破坏和再生。随着年龄增长，骨质损坏加快而新骨再生减缓，这使得骨质变薄变脆，进而发展为骨质疏松症。

正常的骨结构

正常的骨是由一层致密而坚硬的骨密质围绕着相互连接的板层状的骨质(骨松质)组成，其间充满骨髓。不同部位的骨骼，外层骨密质的厚度不同，例如，颅骨和上下肢骨的骨密质比椎骨的厚得多。骨的硬度来自骨密质，但骨松质亦有重要作用。骨实际上主要是由胶原蛋白和含钙骨矿物质组成。

骨是活组织，需要不断更新以保持其强度。旧骨持续不断地被破坏，以更坚硬的新骨取而代之。这一过程发生于骨表面，称之为骨的再塑。若无此过程，在人们年轻时就会出现骨骼的疲劳性损伤!骨有两种细胞——

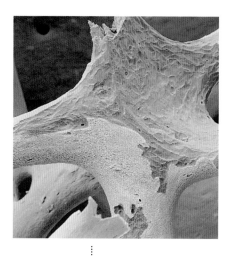

脆化和断裂

这幅电镜照片显示了因骨质疏松致骨折的股骨的内部结构，这里有海绵状改变，颜色浅的部分的纹理表明矿物质已从骨中流失。

人体骨骼系统

　　人体有206块骨，由关节相互连接，它们形成了一个可由肌肉牵动的坚固而灵活的支架结构。有些内脏由骨包围并保护着，如肺和脑。

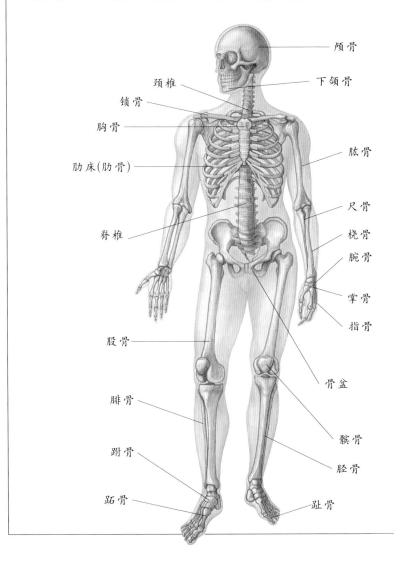

颅骨

颈椎

锁骨

胸骨

肋床(肋骨)

脊椎

股骨

腓骨

跗骨

距骨

下颌骨

肱骨

尺骨

桡骨

腕骨

掌骨

指骨

骨盆

髌骨

胫骨

趾骨

破骨细胞(能破坏骨质)和成骨细胞(能生成新的骨质),它们都由骨髓产生。

当人们衰老时,破骨细胞更活跃而成骨细胞功能降低,溶骨增快而成骨减少,最终导致骨量减少。

骨如何变化

骨质疏松时,骨密质与骨松质的量均减少,外层骨密质变薄,大大降低了骨的硬度,增加了发生骨折的可能性;骨松质的减少,

骨质疏松症如何改变骨结构

骨由外层骨膜及内层的骨密质层以及骨松质层组成,骨质疏松时,内部二层明显变薄,使骨变得脆弱,发生骨折的可能性大大增加。

骨膜

坚硬致密
的骨密质

稀松、破损
的骨松质

骨膜

变薄变脆
的骨密质

骨松质

正常的骨质

疏松的骨质

原本丰厚的板层交错结构变得稀疏，破坏了组织结构的连续性。这些改变的共同作用使骨的脆性增加。

骨量的改变

儿童及青少年时期，骨不仅生长而且变硬。到25岁左右，骨骼中骨量达到了高限，称为骨峰值。

骨峰值的个体差异很大，男性一般比女性高。据估计，身躯高大的人比瘦小苗条者的骨峰值要高一些。

骨峰值对于今后发生骨质疏桧症的危险性有着重要的决定意义。骨峰值低时，即使少量的骨量减少也可能导致骨折；骨峰值高时，就不易患骨质疏松症。

决定骨峰值的因素是什么

决定骨峰值的因素尚未被完全了解，但遗传因素起很大作用。钙的摄入量和体能锻炼也很重要。同时，性激素亦能影响骨峰值。例如，神经性厌食症或其他疾病引起的闭经将导致骨峰值的降低，不过也有证据表明口服避孕药可使骨峰值增高。

与年龄相关的骨量减少

不论男女，与年龄相关的生理性骨量减少，一般都在40岁左右开始出现，并且这种

骨量与年龄
在25岁前后骨量达到高峰。女性骨量通常较男性少。

椎骨骨质疏松症的影响

　　椎骨内、外层变薄，使骨变轻、变脆而容易发生骨折。失去强度后，这种椎骨脆性高，易引起疼痛和长度缩短。

强壮、含钙丰富的骨

在活体骨组织之间的空腔充满了骨髓

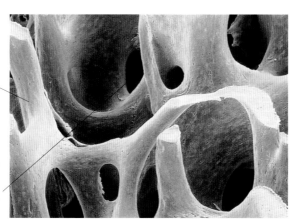

正常椎骨的松质骨组织

由于成骨细胞活性降低和破骨细胞活性升高，骨量减少

骨组织疏松、易碎

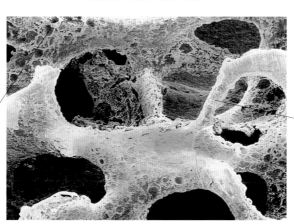

患骨质疏松症时椎骨的松质骨组织

趋势持续终身。女性一生中约35%骨密质和50%的骨松质将丢失，男性仅为女性的2/3。

女性比男性骨量减少更多，其原因在于女性绝经后数年内骨量减少的速度加快。女性骨量本来就比男性少，绝经后减少更多，而寿命又较男性长，所以女性发生骨质疏松症的可能性更大。实际上，到80岁时，几乎所有妇女的骨量都很少，以致她们跌倒时极易发生骨折。

生理性骨量减少的原因还并不完全明了。但导致妇女绝经后骨量减少的主要原因是雌激素缺乏。许多人的生理性骨量减少在老年期足以引起骨质疏松症。但是在一些病例也发现了其他加速骨量减少的因素，这些因素在老龄化过程中是很常见的。本书下一章将讨论这些因素。

骨量衰减曲线

　　图表中年龄——骨量变化，表明女性绝经后骨量急剧下降，使骨折发生率上升。

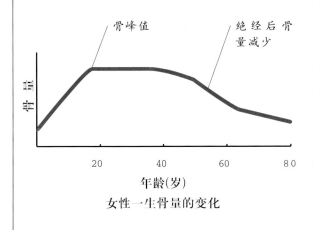

女性一生骨量的变化

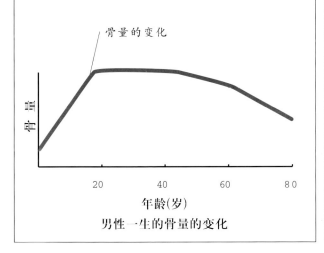

男性一生的骨量的变化

要　点

● 骨主要由蛋白质和含钙骨盐组成。

● 儿童及青少年时期，骨量不断增多，到20多岁时达到高限。

● 约从40岁起，不论男女，骨量都开始减少，并且这种趋势持续终身。

● 发生骨质疏松的危险性取决于年轻时的骨量及其后骨量减少的速度。

什么人会得骨质疏松症

任何人都可能得骨质疏松症，但有些人更易发病。患骨质疏松的风险取决于许多因素的共同作用，如年龄、性别、种族。

老年妇女比年轻男子易患该病。不论性别和年龄，非洲裔加勒比人患病率低于亚洲人和欧洲人。遗传是决定骨峰值的重要因素，它也可影响与年龄相关的骨量减少的速度。

还有一些病例，由于疾病、药物和生活习惯引起的骨量减少也可能大大增加患骨质疏松症的危险性。

遗传因素

由于骨质疏松症很常见，许多人发现亲属中有一人或多人患此病，便认为该病会遗传。骨质疏松症在某种程度上是衰老的结果，但对有些人的影响却较大。骨质疏松症的遗传性虽然没有膀胱纤维化和血友病那么明确，但毫无疑问，遗传对骨质疏松症的发病有一

低危险性
不论性别、年龄，非洲裔加勒比人比欧洲白人和亚洲人骨质疏松症的发病率更低。

定影响。遗传在很大程度上决定了骨峰值，但其他因素在晚年也起了越来越大的作用，并可能最终决定是否会患骨质疏松症。

过于消瘦的人患骨质疏松症的危险性更大，这通常是一种遗传体质。有些妇女的母亲年老时曾发生髋骨骨折，那她们自己发生髋骨骨折的危险性是别人的两倍。

骨质疏松症的高危因素

某些因素会增加发生骨质疏松症的危险性。

● 提早绝经
● 闭经
● 甾体激素治疗
● 既往骨折史
● 甲状腺疾病
● 癌症
● 肝、肠、肾慢性疾病

高危因素

某些疾患和治疗使骨质疏松症的危险性明显提高，包括提早绝经、无月经来潮、既往骨折史、甾体激素治疗、甲状腺疾病及癌症。

提早绝经

绝经时间指女性停止月经的时间。绝经时间通常在50岁左右，45岁以后绝经即属于正常。绝经早于此年龄段，不论是自发的或由于卵巢切除、癌症放化疗引起，均被认为是提早绝经。

提早绝经的妇女和其他原因(如心脏病)导致雌激素缺乏的患者，患骨质疏松症的危险性较高。

闭经

许多原因可引起绝经前出现闭经(无月经来潮)。患神经性厌食症的妇女，以及那些从事大运动量运动的消瘦的妇女，如职业运动员、体操运动员和芭蕾舞演员，常出现闭经。患有肝病、肠炎等慢性疾病的妇女也常发生闭经。这类病例中，大多数人在闭经之前曾有过正常的月经来潮，所以称为继发性闭经。

青春发育期，由于生殖系统疾病使性激素不足而致月经迟来或完全没有月经的情况较少见，闭经与雌激素生成减少有关，是骨质疏松症的高危因素。

甾体类激素治疗

甾体类激素治疗方法通常应用于某些风湿病、肺部疾病、肠道炎症和某些癌症，常使用口服泼尼松龙。遗憾的是，虽然甾体类激素在治疗上述疾病方面相当有效，但它们会加速体内骨量减少，并导致患骨质疏松症。针对骨骼而言，虽然没有绝对的安全剂量，但一天5mg以下的剂量很少产生副作用。

一般来说，剂量越大，发生骨质疏松症的可能性也越大。长期使用甾体类激素者是高危人群，而短期使用甾体类激素对骨骼系统无影响。一般认为，甾体类激素类外用霜剂与乳膏、甾体类激素关节腔内注射和灌肠等不会导致骨量减少。治疗哮喘常用的甾体类激素雾化吸入剂可能对骨质稍有影响，但

过量运动

那些参加严格训练的女性会发现，过量的训练可能使她们月经停止来潮。

除非长期大剂量应用，否则不会出现问题。

既往骨折史

曾经有一次或数次骨折的人发生再次骨折的危险性较大，原因尚不清楚，可能曾发生骨折说明了骨结构较脆弱。尤其是那些曾有过一次或多次椎骨骨折的妇女更是如此，她们将来再次发生骨折的可能性是常人的7倍。

所有有过骨折的女性，尤其是腕骨、椎骨骨折，应认识到将来再次发生骨折的高风险性。

甲状腺疾病

甲状腺若过度分泌甲状腺素，且不及时治疗就会造成骨量减少并可能导致患骨质疏松症。治疗甲状腺功能低下时，若使用过量甲状腺激素也会产生同样的后果，所以接受甲状腺治疗的妇女必须定期抽血检验，以确定适当的用药剂量。

血液检验
女性使用甲状腺素治疗甲状腺疾病者应定期进行血液检查，此类药物使用过多将增加骨量减少。

癌症

某些癌症可加快骨质破坏而导致患骨质疏松症，最常见的是骨髓瘤，它是骨髓的恶性肿瘤。

其他疾病

发生骨质疏松较大可能性的其他疾病包括慢性肝病、肾功能衰竭和肠道炎症。

生活方式的影响因素

日常生活中许多因素会影响骨质，包括饮食、体育锻炼、饮酒和吸烟。虽然生活方式对骨量和骨折的影响小于前面所述的那些高危因素，但如能加以改善，将降低发生骨质疏松的危险性，所以也是较重要的。

饮食

饮食从多方面影响骨骼系统。儿童及青少年时期钙摄入不足会使骨峰值降低，成年后饮食中缺钙会加快骨量减少。维生素D缺乏常与钙缺乏相关，可使骨质软化，增加骨量减少及骨折危险性。蛋白质、咖啡因、盐摄入过多亦会增加发生骨质疏松的危险性。

饮酒

适量饮酒不会有害处，如女性每周不多于14单位，男性每周不多于21单位，甚至可能有益于骨量的增多。

但过量饮酒会减少骨量，增加跌倒的机

骨质疏松症生活方式中的危险因素

● 饮食因素：钙和维生素D
　缺乏
● 饮酒
● 吸烟
● 缺少锻炼

强化年轻人骨质
运动有助于骨量增加，应鼓励孩子们尽可能多运动。

会，从而增加了发生骨折的危险性。

吸烟

吸烟妇女的绝经期早于未吸烟妇女，她们体内雌激素水平较低。烟草对成骨细胞有毒害作用，使吸烟妇女骨质疏松症发生率高。

缺乏体育锻炼

儿童及青少年时期缺乏运动会使骨峰值下降。任何年龄缺乏锻炼都会加快骨量减少。老年人缺乏体育锻炼会使肌肉力量减低，使得更易跌倒、骨折。

为何跌倒

实际上，所有的髋骨骨折、腕骨骨折和部分椎骨骨折都是跌倒造成的。随着年龄的增长，跌倒和发生骨折的机会增多。环境中的危险因素如路面或台阶不平、地毯边缘松软等等。还有些与个人健康直接相关的原因，如视力衰退、痴呆、中风或关节炎引起的行动不便、平衡失调以及肌肉无力等。

酒精和镇静药也会增加跌倒的危险。这

些因素不仅使人易于跌倒，也减弱了人体跌倒时的保护性反应，例如伸出手支撑身体，打滑后调整平衡。这些危险因素对老人来说影响尤为重要，若存在这些因素，髋骨骨折的危险性就大大增加。

要 点

● 任何人均有发生骨质疏松的可能，但老年妇女，尤其是亚洲和欧洲白人的老年妇女患病率最高。

● 骨质疏松的某些危险因素是遗传的。

● 其他情况诸如提早绝经、甾体类激素治疗、神经性厌食，可明显增加患骨质疏松症的危险性。

● 生活方式中的因素，如饮食也能影响骨的健康。

● 环境中的不利因素和疾病使老年人跌倒发生骨折的可能性加大。

骨质疏松症的症状和体征

骨质疏松症只在发生骨折时出现症状。骨质流失本身并不引起疼痛或其他症状，例如背痛，除非发生骨折，否则很难意识到骨量减少。

骨质疏松引起的骨折会出现疼痛与行动不便，有些病人长期存在这些症状，有些病人的症状则最终得到缓解或消失。最常见的骨折是腕骨、髋骨、脊椎骨的骨折，其他部位特别是骨盆与肱骨亦会发生骨折。

腕骨骨折

腕骨骨折又称柯利斯(Colles)骨折(以最先描述这种骨折的爱尔兰外科大夫的姓氏命名)，最常见于50～70岁的妇女。常发生于从直立位向前跌倒伸手保护自己时，多累及肘腕关节之间的桡骨，但由于骨折部位接近腕关节，被称为腕骨骨折。

背痛
绝经后的女性发生背痛，可能是某个椎骨骨折了。

腕骨骨折的治疗

腕骨骨折伴有疼痛，需要就医，这通常在门诊即可解决。但年龄较大的病人需要住院治疗。骨折的断端有时会发生错位，在正确复位后腕部应打上石膏，限制腕部活动，以利断骨连接。石膏一般要保持4~6周，在此期间应限制手臂活动。

腕骨骨折的影响

虽然腕骨骨折最终都能愈合，但恢复过程中可能出现一些问题。有时骨折两断端连接不好，使腕部外形畸形。约1/3的妇女在骨折后会发生痛性营养不良，手部有疼痛、无力、肿胀及僵硬症状，也可能影响局部的血

腕骨骨折所致的畸形

柯利斯骨折是桡骨远端的骨折，正好位于手臂与腕连接处。在患骨质疏松症的老年人中常见这种骨折。骨常发生错位，使得腕部畸形，形状类似进餐川的银叉。

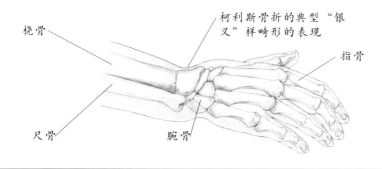

桡骨

尺骨

柯利斯骨折的典型"银叉"样畸形的表现

指骨

腕骨

液循环。患者可连续几年感觉疼痛和僵硬。

脊柱骨折

　　骨质疏松性脊柱骨折与其他骨折不同，它没有断裂，而是椎骨形状改变(单个的椎骨相互连接组成了脊柱)。在正常的脊柱中，椎

椎骨骨质疏松性骨折的影响

　　这种骨折，骨并非真正断裂，而是单个椎骨外形发生变化，前部、中部或后部的骨质变薄，使骨质变得脆弱，易被压缩、破坏。

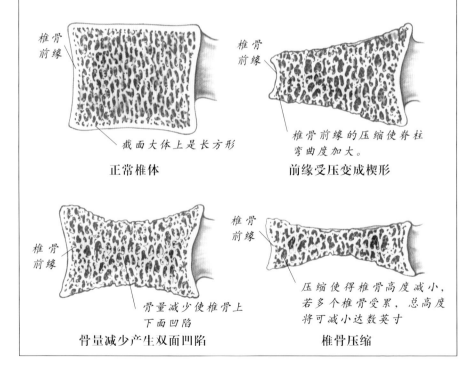

椎骨前缘

截面大体上是长方形

正常椎体

椎骨前缘

椎骨前缘的压缩使脊柱弯曲度加大。

前缘受压变成楔形

椎骨前缘

骨量减少使椎骨上下面凹陷

骨量减少产生双面凹陷

椎骨前缘

压缩使得椎骨高度减小，若多个椎骨受累，总高度将可减小达数英寸

椎骨压缩

骨像砖块或盒子。骨质疏松时，骨量减少可能使椎骨压缩、破坏，使椎骨的后部、中部、前部变薄。

脊柱分为颈段、胸段、腰段，它们分别由7块、12块和5块椎骨组成，通常只有胸段和腰段椎骨受骨质疏松症的影响，这可能是因为它们比颈椎负重大得多。胸椎中段、下段和上腰段的椎骨最易发生骨质疏松。

脊柱骨折怎样发生

骨质疏松症患者可能因跌倒发生脊柱骨折，但更常见的是自发的或由咳嗽、举物、屈身、转身等动作导致骨折。

脊柱骨折的症状

脊柱骨折的症状差异很大，约2/3的病例仅有轻微疼痛甚至无疼痛，另外1/3有剧烈疼痛。目前尚不清楚这种差异的原因。

疼痛常出现在腰背部受累椎体的层面，向同层面身体前部放射，这种疼痛一般都很剧烈，可以持续数天至数周。绝大多数病例都有数月或数年的逐渐发展过程，这其中情况亦有所不同。有些患者在数月后疼痛缓解，另一些人可能长期疼痛或不适。腰背痛是很常见的症状，而脊柱骨折并非都伴有疼痛，所以某些脊柱骨折患者的疼痛可能是其他一些常见病如关节炎、椎间盘病变引起的。某

椎骨骨折的影响

这张磁共振照片显示的是山骨质疏松所致的椎骨压缩性骨折(图片中央),图片显示脊柱已非正常弯曲。

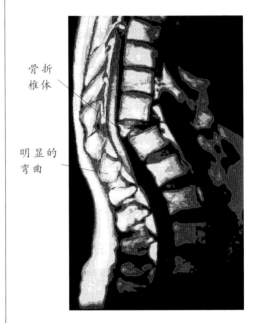

骨折椎体

明显的弯曲

些引起背痛的原因尚不明确,但有一条有用的规律:骨质疏松引起的脊柱骨折不会出现坐骨神经痛(一种向腿部放射的腰背痛,它常由椎间盘病变引起)。

脊柱骨折的其他表现

脊柱骨折可能产生许多令人痛苦的症

状。当数个椎体受累时，身高可明显变矮，从2.5～5cm到15～17cm不等，身高缩减一般在数年内出现，经常是病人自己发现的，他们可能够不着以前使用的架子，或是与家人朋友相比变矮了。

身高缩减常伴有脊柱弯曲，似"贵妇式驼背"，或是后背变圆。脊柱的这种外形改变使得胸、腹下压，从而腹部突出失去腰线，出现平行的褶折。

上述改变会产生严重的身心问题。疼痛和脊柱畸形限制了日常活动（如购物、做家务、园艺劳动及久坐或久站等）。在严重的病例中，胸部下压可造成肋骨下垂与骨盆上部接触，令患者相当难受；此外，肺膨胀的空间变小，导致呼吸困难，尤其是运动时，更加明显。若脊柱弯曲太厉害，患者连抬头都有困难，因为这样可引起颈部疼痛和头痛。

体形上的变化及其造成的后果既使患者自尊心受挫，又影响了他们的社交活动。许多患者腰粗、腹凸，买不到合适的衣服，上衣前襟过长，束腰的套装也不再适合了。

许多患者害怕跌倒，这样就限制了他们的活动与社交，从而脊柱骨质疏松症患者常感到精神压抑。

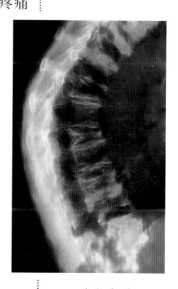

脊柱变形

这张上彩的X线照片显示，骨质疏松导致脊柱上段的过度弯曲（驼背）。

髋骨骨折

髋骨骨折是股骨顶端的骨折，常出现在老年人，患者平均年龄80岁。老年人走路时常有点后倾或侧倾，所以倒下时常髋部着地，尤其跌倒时没能伸手保护自己的情况下更易发生。几乎所有骨质疏松性髋骨骨折都发生在直立位跌倒后，仅有少数是自发性的。

髋骨骨折的外科治疗

髋骨骨折几乎均伴有疼痛，并需要到医

髋骨骨折

老年人特别易患髋骨骨折，常由于跌倒，使近髋关节股骨头处发生骨折。

骨盆

骶骨

股骨头与股骨分开

尾骨

股骨移位

院进行外科治疗。如果骨折不是粉碎性的，一般用钢板、钢针固定；如果是粉碎性的(即骨折两断端无法连接)，则要使用人工髋关节置换。患者多为老年人，体弱，手术并发症多，大多需住院3~4周。

长期的影响

约15%~20%的髋骨骨折患者在6个月内死亡，仅有1/4存活者中能恢复病前活动能力；而1/3的人生活不能自理，需要家庭护理；其余的人比骨折前活动更为不便，日常

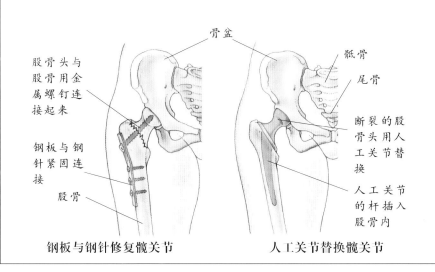

治疗髋骨骨折的外科方法

几乎所有的髋骨骨折均需外科治疗，或者以钢板及钢针固定髋关节，或者在有些病例中需置换髋关节。老年患者通常需要呆在医院里直至康复。

股骨头与股骨用金属螺钉连接起来

钢板与钢针紧固连接

股骨

骨盆

骶骨

尾骨

断裂的股骨头用人工关节替换

人工关节的杆插入股骨内

钢板与钢针修复髋关节　　　　人工关节替换髋关节

生活大都需要帮助。因此髋骨骨折对病人及其家人、朋友造成了灾难性的后果。

要 点

● 骨质疏松症仅在发生骨折时才出现症状。

● 腕骨、脊柱、髋骨骨折在骨质疏松症患者中特别常见。

● 腕骨、髋骨骨折后需就医，几乎所有的髋骨骨折病人需外科手术治疗。

● 脊柱骨折和其他骨折不同，它不是骨的折断，而是组成脊柱的独立的椎骨发生了压缩。

● 脊柱骨折会引起剧烈疼痛、身材缩短、脊柱弯曲和体形的其他改变。

骨质疏松症的诊断

骨质疏松症可以预防，早期诊断极其重要，方法是在骨折发生前检测出骨量是否减少。这种做法在过去是不可能的，但现在已经有了测量骨量的仪器。

测定骨量多选择在易发生骨折的部位——脊柱、髋骨和腕骨。

骨量测定的意义在于它能提示骨折发生的可能性，正如测量血压可用于估计中风的可能性，测血脂水平用来估计心脏病的可能性。单独的骨量数据就能用于估计发生骨折的可能性。

测定骨量的方法

测定骨量有几种不同的方法，应用最广的是双能X线吸收测定法(DXA)。这种方法可测定髋骨、脊柱、腕骨或全身骨骼的骨量，常称之为骨扫描，测定值称为骨矿物密度(BMD)。测量骨密度的试验通称为骨密度测定。最新的骨扫描仪能在数分钟内完成测量，以前的仪器则需20~30分钟。测量虽然使用

作出诊断

医生安排检查项目以测量骨量。早期检测发现骨量下降能有效预防骨折。

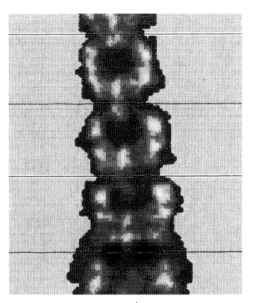

骨密度测定

一些光子束或X线可穿透脊骨。检测骨吸收的能量，能用来判断骨密度。骨密度高的吸收能量多，呈现暗蓝色，骨密度低的则呈现黄色。

的是X线，但其辐射剂量非常小，甚至低于自然界每日辐射量。如果需要，孕妇和小孩也可接受该项检查，必要时检查还可重复进行。

患者接受骨扫描检查时，应躺在检查床上。当检查脊柱骨量时，在大腿下方放置一个方形的垫子（目的是使检查时脊柱下段尽可能保持挺直）。检查时，一个细长的金属臂在检查部位上方来回移动。被检者不必像其他检查那样通过扫描仪的通道。检查前要脱掉带有金属饰物的衣物，但不必赤裸身体。此外，检查无需注射药物，亦无其他令人不适的操作。

另外一种测量骨量的方法是使用超声波，称为超声振幅衰减(BUA)。此方法常用于跟骨测量，检查时需要把脚浸入水盆中，检查不使用任何射线，因此非常安全。它目前还未像DXA那样经过完备的试验研究，绝大多数专家认为在临床推广前仍需进一步试验。

X线检查的局限性

放射科常规使用的X线可诊断骨质疏松

症的骨折，但它不能用来测定骨量，因为骨在X线片上的密度不仅与自身实际骨量有关，还受许多与X线相关的技术因素的影响。

骨密度下降在X线上常无异常表现。一般认为当骨密度下降一半时，X线才能发现异常，因此对X线有骨质变薄表现的骨应认真判断。

目前，X线是唯一广泛用于检查脊柱骨折的方法。但最新的DXA能非常清晰地显示脊柱的图像，在诊断脊柱骨折方面最终有可能取代X线。DXA一个重要的优点是辐射量比传统的X线低得多。

血和尿的检查

血和尿的检查不能用来诊断骨质疏松症，但可发现一些与骨量减少有关的病症，如甲状腺机能亢进、肝病和骨髓瘤(骨髓的恶性肿瘤)。用于测定骨的形成与破坏的血和尿检查项目也可用来测定骨量减少率，但它主要用于研究，未在临床广泛使用因为它还不很精确。

骨质疏松症的普查

目前，骨密度测定是诊断骨质疏松症的最准确的方法。关于绝经期的妇女是否都需要做骨密度测定，这一问题仍在讨论中。

但是，专家们认为目前不论是绝经后妇女或老年人，都还未能有机会参加骨质疏松症骨量普查，或许将来可能情况会有所改变。

哪些人有危险

如果没有普查，如何能知道哪些人属骨质疏松症的高危人群，从而在发生骨折前就能够接受治疗呢？

目前医生的方法是检测具有骨质疏松症的高危因素的对象，如接受甾体类激素治疗或闭经及提早绝经的人，这些人都该进行骨密度测定以决定是否需要接受治疗。

确诊

具有骨质疏松症征象的人也可进行骨密度测定，这些征象如，身材变矮，X线表现骨质变薄，测定骨量有助于确立正确的诊断。曾有过一次或多次骨折的人应测定骨密度以判断骨折是否是由骨质疏松症引起。多发性自发性脊柱骨折的患者，很可能患有骨质疏松症。但在一些病例中，骨质疏松症引起的骨折又很难与外伤引起的破坏性骨折相鉴别。

哪些人需要做检查
根据健康状况和生活方式，医生可判断你是否易患骨质疏松症。

何时需行骨密度测定

具有下述1个或多个高危因素的人应就医接受骨密度扫描。当出现以下征象时提示可能已患骨质疏松症。

高危因素	提示骨质疏松症的征象
● 提早绝经	● X线显示骨质变薄
● 闭经	● 先前有轻微外伤导致骨折
● 男性雄激素缺乏	● 身材变矮
● 类固醇激素治疗	
● 甲状腺功能亢进	
● 肠道疾病	
● 神经性厌食	
● 严重肝、肾疾病	

疗效的评估

骨密度测定可用来评估骨质疏松症的治疗效果。多数专门骨密度机构有一套标准，可确定哪些患者需要进行骨密度测定。

治疗效果的评价

骨密度测定通常用于骨质疏松治疗效果的评价。多数专业骨密度测定机构具有一系列指标提示病人需进行骨密度测定。

X线能说明什么

医生有时经X线发现骨质变薄，这经常是由其他疾病进行X线检查时偶然发现的。这种情况必须认真对待，因为X线上如有明确的骨质变薄，通常说明已有相当数量的骨量减少，所以发生骨折的危险性很高。

可采用的检查

遗憾的是，骨密度测定未能广泛应用。在英国某些地方开业医生和医院医生很难甚至不可能为病人做此项检查。由于卫生部门的介入，该问题正在着手解决，但要在全英国普及该项检查仍需一段时间。测定骨密度必须由专业人员实施，因为机器操作、结果分析、治疗意见的提出均要求从业人员应训练有素并富有经验，这样的检查机构最好建在医院中，并应配备一个或多个有骨科专业知识的顾问医师。

若没有进行骨密度测定，医生只能根据存在的高危因素制定治疗方案。这种情况下，这是最好的办法。但这并非理想之举，因为可能会给予某些人以不必要的治疗，因为并非每个具有高危因素的人都会患骨质疏松症。

要 点

● 各个部位骨的骨量均可测量，最广泛使用的方法是DXA。

● 骨扫描能预测病人发生骨折的危险程度。

● 传统的X线可检查骨折；血、尿检查可发现那些易引发骨质疏松症的疾病。

● 健康女性目前还没能得到骨扫描检查的服务。对那些具有高危因素的人，如甾体类激素治疗、性激素缺乏或有过骨折的人，建议做骨扫描检查。

骨质疏松症的一般治疗

虽然目前还没有消除骨质疏松症影响的通用治疗方案，但有许多方法可以延缓发病后的骨量减少，缓解疼痛症状。理疗也有助于恢复患者信心及活动能力。

积极的观点
负荷锻炼可阻止骨质疏松症的发展，降低骨折发生率。

概述

骨质疏松症的治疗包括缓解疼痛、提高活动能力、解决心理问题、防止骨量进一步减少以及降低骨折发生率。一般来说，防止骨量减少的药物治疗是必要的，其他许多自我调理方法也能延缓疾病的发展。

许多骨质疏松症患者发现了解病情对自己很有益处，了解有许多方法能够有助于防止骨量进一步减少和骨折以及治疗现有的症状，这使他们备感放心。改善身体状况可采取许多措施，如体育锻炼、改变饮食、避免跌倒等，了解这些能帮助患者树立控制疾病和康复的信心。病友间的交谈，也使他们感觉自己并不孤独。病患援助组织，如国家骨质疏松症协会，提供了有关该病的各方面信息，有助于患者之间以及医生与患者间的交流。

缓解疼痛

骨质疏松症患者可有各种不同的疼痛表现，有些人有严重的慢性疼痛，另一些人仅有轻微的不适。髋部及腕部骨折的患者手术后疼痛缓解迅速，但也可能需要服用一段时间的止痛药。腕部骨折后患痛性营养不良的病人，可以进行理疗以缓解疼痛，改善活动能力。严重病例可进行交感神经阻断术，该术或采用手术或药物麻醉来阻断支配伤臂的神经。还有一种称为经皮神经刺激术(TENS)的方法，对此后面将有更详细叙述(见第45页)。

治疗严重疼痛

脊柱骨折患者的疼痛有时比较剧烈，并且很难治疗，卧床静养是必要的，但要控制在尽可能短的时间内，因为停止活动会直接导致更多的骨量减少。戴脊柱紧身围腰有时可缓解疼痛，但因它限制脊柱活动，又会增加骨量减少，所以大部分医生不鼓励使用这种方法。骨折后的早期可使用强止痛剂，如吗啡类，但强止痛剂常有副作用，如嗜睡、便秘、精神障碍，病人可能增加活动时摔倒的危险。

止痛剂无法控制疼痛时，患者可以注射降钙素，这有时相当有效。这种由甲状腺产生的激素(与甲状腺素不同)具有止痛效果，在其他方法失效时，它往往很管用。治疗时两到三星期为一疗程，每天或隔天注射一次。可能的副作用有恶心、皮肤潮红、呕吐、腹泻、注射部位疼痛，有时恶心会持续几个小时。由于大部分患者可以因此缓解疼痛，所以承受这些副作用还是值得的。一般注射后几天内疼痛即可缓解。

止痛片

一旦疼痛开始加重，患者就会服用止痛剂，如扑热息痛、可待因或其复合物，这些药物能有效地止痛，让患者恢复日常活动。非甾体类抗炎药如布洛芬对某些病例有效。不同的病人对止痛剂的反应各异，表现在药物的功效和副作用上。所以，如某种处方效果不佳，应该改用其他药物。我们可以从医生处方中或药剂师手中得到不同的止痛剂，但要找到一种最合适的则需要点时间，不过这是值得的。

其他止痛方法

其他疗法也不少，如热敷垫、热水瓶、冰袋都可止痛。针灸对某些病人也是有效的。对有些患者用经皮神经电刺激疗法(TENS)也可止痛。该疗法的设备是一台小机器连接一条带有小电极的围腰。治疗时把围腰绑在疼痛区，设备会发出轻微的电流。该疗法的止痛原理是用刺激来"封闭"因脊柱骨折而产生的疼痛。

此外，还应该注意一些生活细节，如配备舒适的椅子(如有必要再安上支撑腰部的靠垫)、配备合适的硬板床，这些都很要紧，有助于改善患者的生活。

理疗

理疗，是依靠锻炼的方法来对症治疗，对骨质疏松症来说，这种治疗方式十分重要，可以解除疼痛，提高活动能力。但脊柱骨折患者，脊柱周围的肌肉常因疼痛而痉挛，锻炼可使疼痛加重，轻柔的理疗能够放松肌肉，减轻疼痛。温水疗法(在温水中轻柔地活动)也能帮助肌肉松弛。

树立信心

许多骨质疏松症患者由于疼痛而变得死气沉沉，对康复也失去信心，他们既害怕跌倒再次骨折，又顾虑锻炼加重脊柱损伤。对这些患者实施理疗和温水疗法可使其提高活动能力，恢复信心。这些方法也能增强肌肉的力量，使患者在失足或跌倒时保护自己。

对姿势的作用

理疗的另一个作用是可以纠正姿

轻柔的手法
理疗师以轻柔的手法治疗脊柱骨折，以提高其活动能力。

势。背部疼痛和肌肉痉挛常迫使患者屈肩并避免挺背，如能进行适宜的锻炼来放松背部肌肉，就可以改善体态。脊柱骨质疏松症患者因椎骨变形发生驼背，他们的痛苦可以理解，更重要的是，患者应该认识到，这些通常是可以改善的。

哪些锻炼最合理

锻炼的程度和类型要因人而异。在某些情况下，过度的锻炼对身体有害，所以在锻炼前，要向医生或理疗师咨询(详见第51~52页)。

总而言之，要避免造成疼痛的锻炼，对轻微的不适不必太在意。

要 点

● 骨质疏松症的疼痛可能很剧烈，骨折后的早期可能要使用止痛剂。

● 脊椎骨折后注射降钙素有助于解除疼痛。

● 其他治疗方法包括理疗、温水疗法、经皮神经电刺激疗法。

自我调理

如前所述，影响骨骼的生活方式的因素很多。明白这些道理，患者就可以采用多种方法来强健骨骼，如改善饮食，增强锻炼。

许多患者发现通过自我调理，可以更好地控制自己的疾病，加快康复。这些措施对健康人同样重要，因为它们能减少发生骨质疏松症的危险性。

控制饮食

富含钙质的食物可使骨骼强健，饮食中缺少奶制品的人们必须补充钙剂，因为奶制品是钙的主要来源。另外，不应提倡过度减肥，因它会导致骨峰值下降。

钙

骨骼需要平衡的饮食，尤其需要摄取充足的钙，这有益于骨量增加，减少老年骨量减少。许多食物都含钙，但在摄入后并非所有食物中的钙都能释出。最好的天然含钙

健康的选择

有规律的锻炼、合理平衡的饮食，对骨骼健康大有好处。我们应多走楼梯少乘电梯以增加活动。

物是奶制品(如牛奶、奶酪、鸡蛋等)，大多数专家认为每天须摄入1g钙，而0.6L的牛奶含0.75g钙(脱脂牛奶比全脂牛奶或半脱脂牛奶含更多的钙)。

有些人吃不惯奶制品，也很难通过日常饮食达到每日1g钙的摄取标准，所以，他们必须补充钙剂。

从保健食品店和药店出售的商品中不容易选出合适的钙产品。这些食品含钙量不同，在多数情况下都不足以防止骨质疏松。所以，应当确保所选食品含钙充足，如有疑问，最好向药剂师或医生咨询。

过度减肥的影响

过度减肥对骨骼同样有害，神经性厌食症患者常伴有严重的骨质疏松，即使是年轻人也是如此。尽管有些人的骨量减少是由闭经引起的，她们的低体重对发生骨质疏松也有重大影响。

神经性厌食症多发生于青春期，正值骨骼发育时期，骨量减少，会使骨峰值降低，从而极大地增加了发生骨质疏松的风险。相反地，超重者骨量可能因而较多，但并不能鼓励人们肥胖，肥胖对健康有许多不良影响，体重最好控制在与身高及体型协调的正常水平。所以体重偏低的骨质疏松症患者应尽可能把体重增至正常。

过度节食

过度地减肥会造成骨量丢失，增加发生骨质疏松症的危险。

49

特殊饮食

食物中还有许多物质对骨骼有益，但是骨质疏松症患者除了钙摄取必须充足外，并不一定需要特殊饮食。素食者有时担心他们的饮食易导致骨质疏松，其实只要钙摄入充分，素食对骨骼没有什么不利。事实上，摄取大量蛋白质，如肉类，可能会增加机体钙的流失。当然，不进食奶制品的素食者应补充钙剂。

摄取维生素

许多老年人缺乏维生素D，这也会引起骨量减少，因此应保证维生素D的足量摄取。在晒太阳时，皮肤会产生维生素D，通常，这能提供足够的维生素D，维持机体正常水平。整天呆在室内或较少外出的老年人，常发生维生素D缺乏。维生素D也可通过饮食摄取，多脂肪的鱼的维生素D含量较多，如大比目鱼、青花鱼等，但这些食物许多人都较少食用。奶制品中含有少量的维生素D。另外一些食品则添加了此种维生素。对足不出户的人们来说，单从饮食中获取维生素D是不够的，必须补充。

药品和保健品商店出售许多含维生素D

富含维生素D的食物
青花鱼的鱼油，是维生素D的天然来源，对维持骨骼健康大有益处。

的药品及食品，其中维生素D多与矿物质以及其他维生素相混合。不同食品维生素D含量也不同。成人每日需要维生素D 400IU(国际单位)，老年人800IU，这个剂量的维生素D是安全的，且无副作用。

锻炼

锻炼有益骨骼，对人们的健康有许多好处。完全不运动会导致骨量更快减少，负重运动则可以增加骨量，尤其在儿童期及青春期。老年人进行适当的运动可以降低随年龄老化而发生的骨质疏松的速度，增强体质，减少跌倒的风险。所以，从阻止骨质疏松发生的观点出发，必须终身锻炼。

负荷运动

负荷运动可以让骨骼得到锻炼，使直接参与运动的骨骼从中获益。女青年跳跃或跳绳可增加她们的髋骨骨量。有些研究显示，每周3~4天，每次30分钟左右的快步行走可减少老年妇女椎骨、髋骨的骨量减少。游泳能放松肌肉，但对骨量却没多大益处，因为游泳中无重量负荷。

强健骨骼

奔跑等负荷运动能刺激骨组织发育，增加骨密度，延缓骨质疏松发生。

过度运动

运动过度对骨骼有害，尤其是对年轻女性的骨骼。一些长跑运动员、芭蕾舞演员以及其他女运动员常因过度运动而导致闭经、骨量减少、骨折。适量的运动，如每天尽可能快步行走30分钟是最好的锻炼。应该提倡少乘电梯，多走楼梯，非特别需要时不乘坐汽车。

戒烟

吸烟对身体各个方面都有害处，对骨骼也不例外。有证据表明，同样的治疗骨质疏松方案对不吸烟的患者的疗效比吸烟者好。

饮酒适度

大量饮酒有害于骨骼。但最近有报道说适度饮酒(女性每周少于14单位，男性每周少于21单位)对骨骼有益!1单位相当于0.3L啤酒或1杯葡萄酒或少量白酒。饮酒时最好限制在这个范围内。

适度饮酒
过度饮酒对骨骼有害，但适量的酒可能有益骨骼。

避免跌倒

周围环境中存在许多可引发跌倒的危

险，认识到这点便可以保护自己避免跌倒。每个人都必需留心结冰的路面、街道上不平的石块、陡峭的台阶等，骨质疏松症患者尤其需要注意。也要重视家中的潜在危险，如松软的地毯、光滑的地板、电线等等。视力不好的患者危险更大，应该请眼科医生改善视力，有平衡障碍的人外出时最好随身携带拐杖。

咨询

如果担心自己得了骨质疏松症或有发生此病的危险，可以向医生咨询。诊断越早，预后越好。医生会建议你到专科医院去就诊，以便进行骨密度测定。如果没有得病，医生也会向你解释清楚。

寻求援助

许多骨质疏松症患者发现，与病友交流很有好处。一些国家成立了骨质疏松协会，他们向患者提供有关骨质疏松方面的资料，以及一些实用建议，有的还开通咨询电话让患者与专业护士、医师交流，为会员印发通讯刊物等。

小心

如果行走不稳，可借助拐杖保持平衡，防止跌倒。

53

要 点

- 人们可采取多种方法来保持骨骼健康，减少患骨质疏松症的危险性。
- 含钙饮食很重要，奶和奶制品中钙含量高，如果奶制品摄入不足，应补充维生素D。
- 锻炼有益于各年龄段人的骨骼健康。
- 吸烟增加患骨质疏松症的危险性，适度饮酒可能对身体无害。
- 应采取多种措施，防止跌倒，减少骨折发生。

骨质疏松症的激素替代疗法 (HRT)

目前所有治疗骨质疏松症的方法都是"治标"而不是"治本"，只能减少骨折的发生，而不能"治愈"骨质疏松。治愈意味着骨骼恢复到原先状态。

既然骨质疏松症无法治愈，人们应尽早采取措施，防止其发生。对患者甚至是重症患者，治疗总是有价值的，因为治疗能减少骨折发生，任何患者都应得到治疗。

HRT 治疗

激素替代疗法，用片剂或皮肤贴剂能帮助绝经后妇女减少骨量丢失。

长期治疗

防止骨量减少的药物起效缓慢，对现有的症状不可能立竿见影，尤其是疼痛。一旦发生脊柱骨折，病变椎体的形态无法复原，脊柱变形弯曲后也难以纠正。

所有针对骨质疏松症的治疗都需持续数年。因治疗中短期内症状和体征不会有明显的效果，所以有时病人治疗会中断或时断时续。这种想法和做法必须得到纠正，因为要想在骨质疏松和骨折的治疗上取得满意的效果，就必须坚持长期治疗。

为了解治疗效果，医生们常建议病人每1～2年进行一次骨扫描，并测定骨密度。

本章介绍激素替代疗法，下一章介绍其他药物治疗方法(见69页)。

激素替代疗法(HRT)

激素替代疗法(HRT)用于防治骨质疏松症已经多年。研究表明，激素替代治疗能防治绝经期及绝经后妇女发生的骨量减少，降低腕髋及脊柱骨折的风险。这些研究多应用在绝经期妇女，对老年妇女(60～70多岁)也同样有效。

什么是HRT

HRT指单纯使用雌激素，或雌激素与孕激素混合使用。两种激素均产生于卵巢，在绝经期这两种激素水平都会下降。

虽然单纯雌激素替代疗法可以治疗绝经期症状，预防骨质疏松和心脏病，但它同时也轻微增加了子宫内膜癌的发病率。在应用雌激素的基础上，在每个月经周期中应至少结合使用12天孕激素，以此降低由雌激素引起的子宫内膜过度增生，后者可导致子宫内膜癌。使用雌激素引起内膜增生，并不一定意味着会月经来潮，这点随后讨论。因此，除非患者已切除了子宫，否则激素替代疗法通常同时使用两种激素，使用两种激素称为联合HRT。子宫切除的妇女通常使用单纯雌激素或非对抗雌激素治疗。

与避孕药用的雌激素不同，用于HRT的雌激素是天然的，前者则为人工合成的，且更强效。因为天然孕激素口服难吸收（经胃肠道时被降解了）又有副作用，所以HRT要用人工合成的孕激素。激素联合治疗方法一般以28天为一周期，孕激素使用10～14天，雌激素使用21天或28天（通常为28天）。然而，患者撤药后可能诱导出血，为避免这种情况，常整个周期使用两种激素联合治疗，即所谓的持续联合治疗方法。

激素替代疗法中激素的月周期

为诱导停药后月经来潮，降低子宫内膜癌发病危险，每个周期中雌激素使用28天，孕激素使用12天。

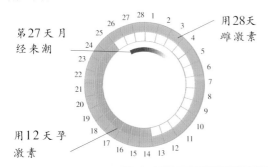

采用何种HRT方法

有很多HRT方法可用于治疗骨质疏松症，如片剂、皮肤贴剂、皮下植入小丸。

片剂和皮肤贴剂可用于单纯雌激素或激素联合治疗，而皮下植入法只适用于单纯雌激素治疗，后者通常用于子宫切除的患者。在预防骨质疏松方面，阴道栓剂、凝胶以及软膏不能被充分吸收，而片剂、皮肤贴剂和皮下植入法疗效相近。重要的是，每种剂型都必须含有足量的雌激素以便预防骨质疏松。每个人剂量略有不同但以下剂量对大部分妇女是有效的。

- 每天0.625mg的结合雌激素
- 每天2mg的雌二醇
- 每天经皮50μg的雌二醇
- 每6个月植入50mg的雌二醇

片剂一般采用日服一次，贴剂每1到2周一次。仔细阅读药品包装盒内的说明书，若有疑问，应及时向医生询问。

短期副作用

部分妇女在HRT治疗的头几个月会出现副作用，这些短期副作用比较麻烦但并不严重。

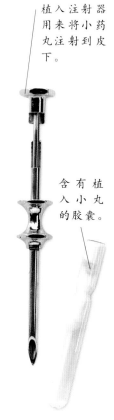

植入注射器用来将小药丸注射到皮下。

含有植入小丸的胶囊。

皮下植入激素丸
HRT小丸仅含有雌激素，一般只用于子宫切除的妇女。

阴道出血

一些女性，尤其是那些老年妇女，她们已停经多年，可能出现的主要问题是月经重现或称"撤退性出血"，许多患者可能因此而停用激素替代疗法。然而，连续使用联合制剂和一种称为"替勃龙"的药物后不会出现规律性的出血。不过多达30%的病人服了药后会在头几个月出现不规律的阴道出血或称间断性出血。这些现象尤其常见于绝经期妇女，因此，这些制剂只用于已停经1年以上的妇女。

其他副作用

其他副作用包括乳房触痛、烦躁、体液潴留、恶心、呕吐、头痛、消化不良以及情绪波动。

上述症状通常在治疗的头几个月较严重，此后就会消失。这些副作用对于老年妇女尤为麻烦，所以病人需从小剂量开始，经过几个月时间后再逐渐加大剂量。上述副作用看似可怕，但应该指出的是大部分妇女反应较好，很可能是因为诸如皮肤潮热、夜汗及阴道干燥等的更年期症状因此得到缓解。

对于那些受副作用困扰的病人来说，经皮肤给药最为可取，因为它会减少进入血流的激素量。有些妇女发现只要换用另一种口服药物就能解决问题。

适于预防骨质疏松症的HRT

HRT治疗可采用不同的形式，例如口服，皮肤贴剂或皮下植入法，这些都有相似的疗效。

联合口服

Climagest
Cyclo-Progynova
Elleste-Duct 2mg
Femoston 2l20
Improvera
Menophase
Nuvelle
Premique cycle
Prempak-C
Tridestra
Triscquens(诺康律)

持续联合

Climesse
Kliofem
Premique(利维爱)
Tibolone(替勃龙)

经皮联合

Estracombi TTS
Estrapak-50
Femapak 80

口服非对抗雌激素

Elleste-Solo
Harmogen
Hormonin
Premarin(倍美力)

经皮非对抗雌激素

Estraderm TTS(经皮雌二醇)
Estraderm MX
Femseven
Fematrix 80

尽管病人较易耐受经皮肤给药，但它可刺激皮肤，有时会出现较严重的皮疹。

长期疗效及风险

长期应用HRT存在疗效及风险并存的状况，这些还在研究。我们应该明白，对HRT的研究尚未得到完全的答案。不过，目前已有一定数量的相关资料，所以在进行长期HRT治疗前，病人可与医生讨论这个问题。

心脏病

HRT长期治疗的最大好处是对冠心病治疗有益，该病是绝经期妇女最常见的死因。

研究表明，HRT可降低发生心脏病50%左右的风险。虽然大多数这些研究资料来自单独使用非对抗雌激素的HRT，但近来有报道联合HRT具有相似预防作用。

这种预防心脏病的HRT需进行多长时间目前还不清楚，对于这一血液循环系统的作用有些可能很快就出现，有些则需数年。HRT停止后其有益作用是否还能持续，目前还未得知。

中风

有些研究表明，长期HRT治疗可预防中风(通常由于脑血管内血凝块堵塞引起)，但证据不如预防心脏病作用那么有说服力，在最近的一次大型研究中并未发现其有降低中风发病率的作用。

阿尔茨海默病

阿尔茨海默病是一种相对常见的大脑功能紊乱。近期研究表明，使用HRT的妇女发生阿尔茨海默病的可能性比没有采用HRT的低。研究结果表明，HRT可能是推迟，但不是预防该病的发生，因此，与未使用HRT的患者相比，使用HRT的妇女发生阿尔茨海默病更晚。上述治疗效果也是HRT的一个重要作用，但相关问题还需进一步研究。

内膜癌

如前所述，单纯使用雌激素的妇女发生子宫内膜癌的危险较高，而应用联合HRT可以缓解这一矛盾。(新近一项研究指出，用联合疗法的妇女内膜癌的发病率稍有增多)。目前还没有关于HRT增加宫颈癌或卵巢癌的报道。

乳腺癌

大多数研究表明，长期使用HRT的妇女患乳腺癌的危险性可能增加达30%。由于乳腺癌是一种常见病，因此这种作用对任何接受治疗的妇女都是明显的。最近有报道，用非对抗雌激素或联合HRT的妇女，也有同样高的发病率。

大部分研究发现乳腺癌发病率增高常出

现于患者接受5～10年的治疗后。最近一次大型研究表明，妇女采用HRT 5年后，乳腺癌的发病危险开始上升，尤其是60岁以上的病人。

有意义的是，治疗中的妇女乳腺癌的发病危险升高，而一旦停止治疗，这种危险就会消失。

静脉血栓

静脉血栓是指静脉内出现血凝块，最常见于大腿(深静脉血栓)，栓子可经血循环到肺部(肺栓塞)。以往认为，静脉血栓常发生于口服避孕药的妇女，最近研究显示，接受HRT的妇女其血栓形成的发病率并无升高。

但最近也有几项研究发现，接受HRT的妇女发生静脉血栓的危险性略有增高。由于静脉血栓较罕见，并且接受HRT的病人该项危险性仅有轻微的升高，因此大多数专家认为在这种风险与HRT的有益作用相比，前者的影响只是轻微的。

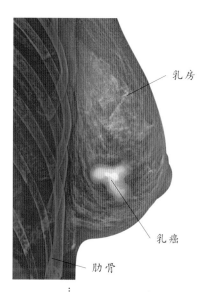

乳房

乳癌

肋骨

乳腺癌
HRT治疗会增加乳腺癌发病率(见X线片)，而一旦停药这种风险就转为正常。

何时开始HRT治疗

对于骨质疏松症患者来说，任何时候都可以开始接受治疗。目前一些绝经前的骨质疏松症患者正在接受HRT治疗，而另一方面，一些甚至70~80岁的妇女也在采用HRT治疗骨质疏松症。对于接受HRT的绝经前妇女来说，值得注意的是，HRT治疗并不能作为避孕手段，如果她们需要避孕，应该口服避孕药，而不是接受HRT。患骨质疏松症的老年妇女(绝经10年以上)由于考虑HRT副作用发生率较高，且可选择采用非激素疗法，因此采用激素治疗的老年病人似乎有所减少。然而，一些患骨质疏松症的老年妇女更喜欢采用HRT治疗，因为它还有其他治疗作用。

HRT该用多久

这是个大"难题"！如果你想在后半生预防骨折，最好进行长期治疗。尽管还需作更多的研究，但研究显示HRT对骨骼的作用在停止治疗几年后会逐渐消失。当停止使用HRT时，骨量会同绝经期时一样加快减少。

尽管一些医生向绝经后的妇女推荐接受长期HRT治疗以预防骨质疏松，但考虑到乳癌发病危险的上升，许多医生建议5~10年后停止使用。由于治疗骨质疏松症可用非激素方法，这个问题已不那么麻烦，采用HRT的妇女可按需要改换其他药。提早绝经的患者应坚持HRT治疗直到正常的绝经年龄——50岁左右。

哪些人应避免使用HRT

有以下情况的妇女应避免使用HRT治疗。患子宫内膜癌或乳腺癌的患者，HRT会加重病情。如果绝经期发生阴道出血，除非查清不规则出血的原因并加以处理，否则不能采用HRT。孕期也不可进行HRT治疗。若不清楚停经的原因是绝经还是怀孕，应先查明原因。患有恶性黑色素瘤的妇女，皮肤上的痣发生了恶变，使用HRT会加重病情。

用试纸取尿样本

此处的颜色变化指示怀孕

早孕检查

怀孕妇女不可进行HRT治疗，因此当你出现停经时，应先检测以明确是否怀孕。

在某些情况下，只有当其他确实有效的治疗方法都不适用时，才可谨慎采用HRT。易发生静脉血栓的人们，如肥胖者、行动受制的患者、凝血障碍者、静脉炎患者或曾患过静脉血栓者，使用HRT会增加静脉血栓的风险。这些患者最好采用经皮给药方式的HRT，这样便可以使药物直接进入血液，而不经过肝脏(可免去因药物经肝代谢产生的副作用)。某些妇科疾病，尤其是子宫内膜疾病(子宫内膜的炎症，有时也发生在子宫外的其他器官)和纤维瘤(子宫组织的非恶性肿瘤)，采用HRT治疗可导致病情恶化，高血压患者应用HRT后有时难以控制病情。患有严重肝病的病人应用HRT后可能导致肝功能恶化，也会加重胆结石病情。对已知存在肝病和胆结石的病人，应该采用经皮给药方式。

不可采用HRT的情况

处于下列状况或患以下疾病的妇女不可采用HRT：

- 孕妇和哺乳期妇女
- 乳癌或子宫癌
- 原因不明的阴道出血
- 恶性黑色素瘤(皮肤癌)

处于以下情况的妇女应慎用HRT：

- 子宫内膜性疾病
- 纤维瘤
- 静脉炎
- 有静脉血栓病史
- 严重肝病
- 高血压
- 耳硬化症
- 偏头痛

耳硬化症——是一种由于听小骨硬化引起的听力障碍性疾病。采用HRT会使病情恶化。患偏头痛的妇女采用HRT有时会发现头痛发作频繁并加重。

权衡风险与疗效

要做出采用或不采用HRT的决定是很困难的，它取决于许多因素。如果HRT用于解决绝经期的症状，2～3年的治疗就足够了，不必去考虑远期的风险和益处。长期使用HRT以治疗骨质疏松症时，疗效和副作用的关系在患者之间有所不同，患者应该与医生审慎地商讨。尽管总体上HRT的疗效超过副作用，但许多妇女因害怕患乳腺癌而不愿采用超过5年的HRT。如果5年之后为了保护骨骼，她们会选用非激素疗法。然而，其他患有骨质疏松症的病人，尤其是那些看到HRT对心脏病有辅助疗效的病人，她们将选择继续使用HRT。

家族史

有乳腺癌家族史的妇女常更关注HRT的影响。乳腺癌是一种常见病，因此亲属中有一名患此病是很常见的，这并不意味着使用HRT的妇女中有乳癌家族史的危险性会高于无乳腺癌家族史者，然而，如果家族中有几个亲属患乳癌史，在开始HRT之前应先接受专家的意见。有乳房良性肿瘤病史的妇女采用HRT之后患乳癌的危险性并不会比平常人采用后更大。

糖尿病和癫痫

HRT不会对血糖产生显著影响，糖尿病人可安全使用。相同地，癫痫病人也没有理由不能采用HRT，不过某些抗癫痫药物可能增加HRT治疗时所需的剂量。

手术和HRT

外科手术前是否应该停用HRT，这在医生中有不同的看法。一些医生认为没有必要，而其他医生建议手术前和术后几个星期不应该用HRT。如何决定，在某种程度上取决于手术的性质以及病人有无发生静脉血栓的危险因素。

谨慎处理

乳腺癌具有家族倾向，会影响几代人，如果有明显的乳腺癌家族史，必须谨慎考虑是否采用HRT。

要 点

- HRT可预防骨量减少并降低绝经期后妇女骨折的危险性。
- HRT一般同时使用两种激素——雌激素和孕激素，曾做卵巢切除术的妇女除外。
- HRT可以口服、皮肤贴敷或皮下植入。
- HRT的副作用有阴道出血、乳房疾患、恶心和体液潴留。
- 长期采用HRT治疗可降低冠心病的危险性，也可能减少阿尔茨海默病。但是，它也与乳腺癌和静脉血栓的发病率增加有关。
- 绝经后可能需要终身用HRT，以期最大限度地防止骨质疏松症，采用HRT 5~10年后可改用非激素药物治疗。

骨质疏松症的非激素替代疗法

尽管激素替代疗法已被认为是治疗骨质疏松症的最佳方法，但它并不适合于所有妇女，有些人因健康原因不能使用此法，所幸还另有一些可供选择的治疗方法。

二膦酸盐类

二膦酸盐类是一组合成的药物，它越来越多地用于骨质疏松症的治疗，其主要作用是抑制破骨细胞，从而防止骨量减少。目前有两种治疗骨质疏松症的二膦酸盐类药物。在今后几年内将出现更多新的此类药物。

考虑选择
如果不适合采用HRT治疗，可以考虑选择其他的方法来防止骨量减少。

羟乙膦酸钠

羟乙膦酸钠是治疗骨质疏松症的最初的二膦酸盐类药物，它一般与钙一起服用。其药物商品名为Didronel PMO(PMO即绝经后骨质疏松症)，90天为一疗程。在间歇性给药2周后，停药补钙76天(约11周)。这种大约三个

二膦酸盐类对骨的作用

骨由多层小管组成，这些小管称哈氏管，成骨细胞和破骨细胞均位于每层哈氏管间。二膦酸盐能抑制破骨细胞的活性。

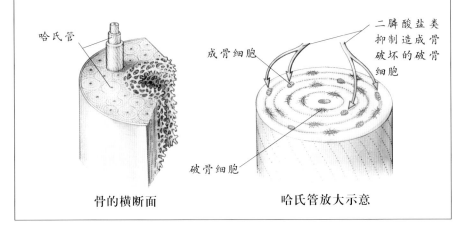

哈氏管

二膦酸盐类抑制造成骨破坏的破骨细胞

成骨细胞

破骨细胞

骨的横断面　　　　　哈氏管放大示意

月的疗程应重复至少三年或更长。每个疗程中，持续2周每天服用一次药片。钙的补充方式是把片剂溶于水中制成汽水饮用。

羟乙膦酸钠的副作用

羟乙膦酸钠很安全，几乎没有副作用，只是偶尔会有恶心和腹泻，也有报道会出现皮疹。有些人可能不喜欢钙剂的味道，需要时可换用另一种钙的剂型。由于羟乙膦酸钠只有极小的量经小肠吸收进入血液，所以该药应在上一餐至少2小时后胃排空时服用，服药后的2小时内应避免进食。服用时用水送服

(不可用含牛奶的饮料，因为会影响药物的吸收)。在服药前后的2个小时内还应避免服抗酸剂、铁剂和补充矿物质，包括钙，因为这些会影响药物的吸收。大多数人认为在晚上睡前服用羟乙膦酸钠更方便。钙的补充方式为每天一次，任何时间都可以进行。

● 禁用：妊娠或哺乳期的妇女，或肾功能异常者不可服用。

阿仑膦酸钠

阿仑膦酸钠(Fosamax)也是一种二膦酸盐。其作用与羟乙膦酸钠相同，已证实它可用以预防骨质疏松。服用方式为每天一次，每次一片(10mg)，与羟乙膦酸钠不同的是它不需与钙合用，但如果饮食中钙的摄入量太低，则建议补钙。

阿仑膦酸钠的副作用

阿仑膦酸钠的副作用很少，可能的有腹泻、腹部疼痛和发胀以及咽和食管症状，持续的症状包括烧灼感或消化不良，已有过几例食管溃疡和炎症的报道。按照药品说明书正确服药是很重要的，这样才能降低对食管的副作用。药片应在早餐前(以及病人需要服用的其他药物服用前)至少30分钟空腹的状态下，用整杯水送服。说明书提示，服用后应保持直立或坐姿至少30分钟，直到早餐后才能平躺。不能在睡前或早晨起床前服用此药。

● 禁用: 妊娠妇女或哺乳妇女或肾功能不全者禁用。有吞咽困难或严重消化不良者，也不能服用阿仑膦酸钠。

哪一种二膦酸盐类药物最好

羟乙膦酸钠和阿仑膦酸钠都已被证明是治疗骨质疏松症的有效药物，目前无确切证据说明其中哪一种更好。

预防性治疗

最近研究表明，这两种药物在预防骨质疏松症方面与治疗同样有效，因此它们在不久的将来能更广泛地用做预防药物。

治疗应持续多久

羟乙膦酸钠和Fosamax最少应给药3年。因为二膦酸盐服用后被吸收到骨骼里，并会在较长一段时间内滞留在骨骼中，所以在停药后还可持续影响骨骼一段时间。大多数医生认为首先应给予3～5年的治疗，在治疗停止后可以监测骨的密度，必要时进行进一步的治疗。

用二膦酸盐还是HRT

二膦酸盐类药物不是激素，因此对绝经

哺乳妇女禁用

妊娠妇女或哺乳妇女或肾功能不全者禁用阿仑膦酸钠，有吞咽或严重消化不良者也不能服用。

期的症状或其他疾病如心脏病和乳癌没有影响。选择治疗方法取决于许多因素，包括绝经症状的出现或消失、个人患心脏病和乳癌的危险性等。

存在患骨质疏松症危险性的绝经期的妇女，通常选择HRT。如果在采用HRT5-10年后决定停用HRT而病人仍存在患骨质疏松症的危险性，应改用二膦酸盐治疗。

对于不愿使用HRT的老年妇女，以及由于乳腺癌或其他问题而不能使用HRT的病人，二膦酸盐类药物是治疗骨质疏松症的一项有效的措施。目前还没有证据表明同时采用HRT和二膦酸盐类药物会比单独用一种效果更好。

维生素D

维生素D对骨骼健康很重要，它可以增加机体从小肠吸收钙，从而保证足够的钙进入骨骼。骨骼含有人体99%的钙。维生素D也可对骨产生直接的作用，刺激骨细胞的形成。维生素D有两种形式：维生素D_2、D_3，两者具有相同或相近的作用，维生素D_3接受日光照射时，由皮肤合成；维生素D_2从食物中获取。

维生素D缺乏常发生于老年人(见第50页)，特别是那些不常进行户外活动的人，最近法国一项关于老年妇女的研究表明，补充维生素D与钙可以减少发生髋骨骨折的危险性。

因此许多医生建议老年人和经常呆在室内的人应补充维生素D。他们可以服用维生素D，同时补钙或结合其他治疗骨质疏松症的措施。

维生素D的制剂

维生素D可以口服或注射，口服每日推荐剂量为800IU(国际单位)，可与钙剂联用或单独使用。如果同时补充维生素D和钙，有以下两种制剂可供选择，每日只需服两次即可提供足量的维生素D。

Cacit D_3 是一种颗粒剂，能溶于水，可制成汽水，每剂含维生素D 440IU和钙500mg。Calcichew D_3 Forte每片含维生素D 400IU和钙500mg，它是一种可咀嚼的药片。

Abidec和Dalavit两种均为多种维生素制剂，每剂均含有维生素D 400IU，每日服用2次即可提供足量的维生素D。以上药物可用于预防(见第50~51页)，且均为非处方药，不需要医生处方即可从药店购得。

维生素D注射液

维生素D注射液也可选择采用，正常人一般每年注射1~2次。有些病例中由于注射方式机体吸收率低，所以常使用口服液。

维生素D制剂

维生素D可有多种不同制剂，可口服，亦可注射。补充维生素D可与补钙同时进行。

制剂	维生素D (IU)	钙 (mg)	剂型
Abidec	400	无	滴剂
Cacit D$_3$	440	500	颗粒剂
钙和维生素D	400	97	片剂
Calcichew D$_3$片	200	500	咀嚼片剂
Calcichew D$_3$ Forte片	400	500	咀嚼片剂
Dalavit	400	无	片剂

以上标明的为每片或每剂的含量。

维生素D的副作用

上述几种剂量的维生素D很安全。维生素D与钙的复合制剂偶尔可引起恶心、腹部不适(腹泻或便秘)及腹胀。高血钙、严重肾脏疾病和肾结石患者不宜使用维生素D。

哪些人需要补充维生素D

维生素D不单独用于治疗骨质疏松症，但可和其他措施一起用于高危人群预防维生素D缺乏，因为现已知维生素D缺乏会加快骨量减少，尤其是老年人。

以下几种人属于维生素D缺乏的高危人群：常年室内生活的老人、某些亚洲人、服用某种抗癫痫药的患者、肝肾疾病患者及胃肠吸收障碍者。必要时可经化验血液来确定是否缺乏维生素D。如果你不能确定自己是否需要补充维生素D，最好向医生咨询。

—— 钙三醇(Calcitriol) ——

维生素D本身无生物活性，钙三醇是其活性形式，据报道每天服1片剂量为0.25mg的罗钙全(Rocaltrol)，可预防骨量减少并降低发生脊柱骨折的危险性。因该药效力很强，若使用时不监测，可能会导致高血钙症、高尿钙症，产生严重后果，所以使用该药时，定期化验很必要。最初于用药后1个月、3个月，此后每6个月均应化验一次。如果血、尿的钙水平升高，应停止治疗，停药后1～2周钙的水平即可恢复正常。

副作用

高血钙的症状有恶心、食欲减退、呕吐、

便秘或腹泻、口渴、尿量增多、头痛或过度疲劳。尿中钙升高可能导致肾结石形成或钙在肾脏发生沉积，引起肾衰竭。

哪些人应使用钙三醇

大多数医生认为钙三醇只能用于那些既不能使用激素替代疗法(HRT)又不能使用二膦酸盐的骨质疏松症患者。原因有二，其一，尚无证据表明钙三醇能降低髋骨及腕骨骨折的危险性，而HRT和二膦酸盐治疗方法已证实能减少腕骨、髋骨及脊柱的骨折；其二，有些病人和医生认为定期检查血液不方便。

哪些人不能使用钙三醇

以下几种人不能使用钙三醇：患有可致血钙增高的疾病患者、孕妇或哺乳期妇女，有肾结石病史的患者或有征象表明肾功能不良的患者也应慎用该药。

钙三醇能代替维生素D吗

不能!维生素D制剂本身十分安全，并能有效预防健康人发生维生素D缺乏症。

降钙素

降钙素是甲状腺分泌的一种激素，能抑制破骨细胞的活性，从而起到防止骨量减少的作用。降钙素能阻止脊柱的骨量减少，但对身体其他部位的骨骼如髋骨，作用则较小。一些研究表明它能减少发生骨折的危险性。但有些专家持不同看法，也因此它并未被广泛用于骨质疏松症的长期治疗中。

用法与副作用

钙降素只能注射，每周注射3次，属于处方药。

目前使用的制剂叫沙卡托宁(由鲑鱼的降钙素制成的)。其副作用有恶心和皮肤潮红，常在注射后不久发生，很快消退，但恶心偶尔也会持续数小时，也可能发生腹泻、呕吐和注射部位疼痛。

氟化钠

氟化钠的作用不同于目前使用的其他治疗方法，它能加速骨形成，并使骨量大量增加。有研究表明氟化钠可降低脊柱骨折的发生率，但不是所有的试验都支持这一观点。如使用剂量过大，它反而会增加髋骨骨折的发生率。因为大剂量氟化物会导致异常骨组织的形成，这些骨组织质脆，易发生折断。虽然许多欧洲国家已将氟化钠作为骨质疏松症的治疗措施之一，但在英国仍未准许这种治疗方法。英国专家偶尔也使用氟化钠，这时他们会密切观察治疗反应并及时调整剂量。氟化钠合适的使用剂量是每日15～25mg，这比用于预防儿童龋齿的剂量大得多。

副作用

氟化钠可能产生恶心、呕吐及腹泻等副作用，有些病人服用后口中有怪味感。氟化钠偶尔也会引起腿脚疼痛，这可能很严重，有时和压缩性骨折有关。

同化甾体化合物

同化甾体化合物与那些用于治疗哮喘、风湿病、肠道疾病等的甾体类化合物不同，它们类似于雄性激素睾酮。虽然这类药物可以用于骨质疏松症的治疗，但由于它们有副作用，所以临床很少用来治疗。准许使用的制剂癸酸南诺龙(长效多乐宝灵，Deca-Durabolin)的用法是每3周注射1次。

副作用

副作用有痤疮、体液潴留、肝功能异常、男性化改变(如声音变粗，面部多毛)。多数专家认为这种药在骨质疏松症的治疗中已无使用价值，因为现在可以使用其他更安全的药物。

Raloxifene

Raloxifene(Evista)是近来用于预防脊柱骨质疏松症的新药，用法是每日1次，每次1片。

该药的作用在某些方面与雌激素相似，但不会引起阴道出血或增加乳癌的发病率。实际上已有证据表明它至少能在治疗的头三年预防乳癌的发生。Raloxifene也不会引起潮热、夜间多汗等更年期症状。目前还不明确它对心脏病的作用与激素替代疗法是否相同，是否能预防阿尔茨海默病。

副作用

该药的副作用不常见，但它可能引起轻度潮热，也可能引起腿抽筋。与激素替代疗法相似，它可增加静脉血栓的发病率。曾有静脉血栓史的妇女，或存在静脉血栓高危因素(如静脉炎、活动受制、肥胖)的人应避免使用该药。

哪些人不能使用该药

孕妇或哺乳期妇女，子宫内膜癌及乳癌患者不能使用该药。如有不明原因的阴道出血，在使用该药前应彻底检查并治疗。有严重更年期症状的妇女不宜使用该药，因其有加重症状的可能。

钙的制剂

*补钙形式多种多样。钙每日推荐补充的量为
1000~1500mg。*

钙制剂	剂量(mg)	剂型
葡萄糖酸钙	53	片剂
乳酸钙	39	片剂
Cacit	500	泡腾片
Calcichew(钙咀片)	500	咀嚼片
钙饮料	1000	泡腾颗粒剂
钙-500	500	片剂
钙-Sandoz	108	糖浆
Oitrical	500	颗粒剂
Ossopan	1200	片剂
Ostranm	1200	粉剂
Sandocal	400	泡腾片剂

每片或每剂的含钙量。

补钙

钙剂并不单独用于骨质疏松症的治疗，与其他治疗方法联合应用才能使其发挥最大功效。

大量可使用的钙补充剂制剂不同，剂量也不同。骨质疏松症患者不论男女每日推荐剂量为1000～1500mg，最好分为3次服用，因为单次大剂量给药不利于小肠吸收。

哪些人需要补钙

钙的摄取
0.6L脱脂牛奶能提供每日所需钙量的75％左右。

是否需要补钙取决于每日食物中钙摄取量。对大多数人来说，只要对饮食稍加调整，即可获得足够的钙。若需补钙，补钙制剂应每日分3次服用，这样更有益于吸收。值得说明的是：0.6L的牛奶含钙750mg，如果每天喝0.6L牛奶，再加上其他奶制品及含钙食物，就不必另外补钙了。

副作用

补钙的副作用很少见。有些人发现某些制剂会引起恶心、腹泻，但换用另一种制剂这些症状通常就会消失。

要 点

- 现在用于治疗骨质疏松症的非激素治疗药物有：羟乙膦酸钠、阿仑膦酸钠、维生素D和降钙素。
- 羟乙膦酸钠和阿仑膦酸钠均为口服药，副作用不常见，可能发生的不良反应有恶心、消化不良、腹泻。
- 补充维生素D可减少老年人髋骨骨折的危险性，可口服，亦可每周注射1~2次。
- 降钙素有时也用于治疗骨质疏松症，注射给药，每周3次。
- 若食物中钙摄取不足，应用其他方法补充钙。

不常见类型的骨质疏松症的治疗方法

在英国，治疗骨质疏松症的大多方法仅在绝经后的妇女中做过试验研究，严格地说，仅供绝经后女性骨质疏松症的预防和治疗参考。然而，还有其他的原因可导致儿童、绝经前妇女以及男性发生骨质疏松症。

甾体类激素

使用甾体类激素治疗的患者
研究表明，二膦酸盐，有助于防止男、女长期进行激素治疗时造成的骨质疏松症。

除绝经后骨质疏松症外，引起该病最常见原因是甾体类激素。近来开展了许多相关研究，探讨目前用来治疗绝经后骨质疏松症的方法是否对甾体类激素引起的骨质疏松症也有效。虽仍需进一步研究，但有证据表明二膦酸盐对预防由甾体类激素引起的骨量减少有效。最近英国已准许将羟乙膦酸钠用于此项治疗。另外，已有证据表明激素替代疗法可以对抗使用甾体类激素的绝经后妇女的骨量减少。

对于那些需连续3个月或更长时间使用大剂量的激素的患者(每日口服泼尼松龙30mg以上)，一些医生认为应同时应用二膦酸盐以对抗骨量减少，每日口服泼尼松龙在7.5mg或以上，持续6个月或更长时间的患者，如条件许可，应测定骨量以判断他们是否需要接受治疗，以防骨量进一步减少。绝经期妇女使用甾体类激素的同时应辅以激素替代治疗(防止骨质疏松症的发生)

绝经前的妇女

绝经前妇女的骨质疏松症可能有多种原因，如神经性厌食、运动过度、继发性闭经和其他一些妇科病。因为患者一般都缺少激素，所以常选择激素替代疗法。在这一年龄组，可口服避孕药或服用激素替代疗法制剂来补充激素。

这类病例治疗方案的选择，部分要取决于患者是否希望避孕，因为口服避孕药有避孕作用，而激素替代疗法无此作用。口服避孕药中激素含量比HRT制剂中的多，对激素副作用敏感的患者还是使用激素替代疗法为好。另外，口服避孕药导致静脉血栓的可能性比激素替代疗法大，这也可能影响用药选择。

男性骨质疏松症

长久以来人们都认为骨质疏松症是女性疾病，只有极少数男性会患此病，然而，近

激素缺乏
患骨质疏松症的未绝经妇女需常规使用HRT治疗，因她们通常都有激素缺乏。

来人们已清楚认识到男性患骨质疏松症也相当普遍。对付这种疾病的可行的治疗方案目前还在研究中。在这些研究得出结论之前，很难说清哪种方法对男性骨质疏松症疗效最好，医生经常参照那些有关女性骨质疏松症的研究结果，但这并非理想的做法。

有时发现患骨质疏松症的男性，其男性激素——睾酮缺乏。雄激素与雌激素对骨的作用相同，雄激素缺乏时应采取替代治疗，其用药方法常用肌注，有时亦制成皮肤贴剂使用。

二膦酸盐也用于治疗男性骨质疏松症。虽然还没有该类药物对男性骨折发生率影响的资料，但有少数研究表明它们能阻止骨量减少。其他的治疗药物包括氟化钠、钙三醇。如有必要，患者也应补充维生素D和钙。

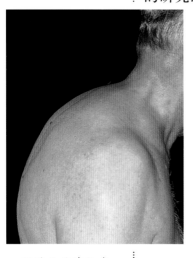

男性骨质疏松症
男性也可患骨质疏松症正如这位男性患者弯曲的脊柱所示。虽然对男性骨质疏松症了解较少，但男性激素睾酮可能有效。

要 点

● 多数有关骨质疏松症的研究仅限于绝经后妇女。

● 近来已准许使用羟乙膦酸钠预防甾体激素引起的骨质疏松症。

● 未绝经妇女的骨质疏松症常用激素治疗，可以用口服避孕药或服用激素替代疗法制剂。

● 关于男性骨质疏松症的疗法目前所知甚少。若存在男性激素缺乏，可采用激素替代治疗。

问题与解答

我母亲七八十岁时患骨质疏松症，这是否意味我也会得这种病？

　　骨质疏松症是常见病，80岁的女性有1/3患此病，因此，如有亲属，尤其是高龄亲属患此病亦不足为奇，这并不意味着你必定会遗传此病。但如果你母亲老年时曾发生髋骨骨折，这就意味着你老年发生骨质疏松症的可能性略有增加。你应做一次检查以测定你的骨量是否正常。如果你母亲曾发生脊柱骨质疏松，除非你还有该病的其他危险因素，否则没有必要做骨量测定。你若仍不放心，不能确定是否需要检测骨量，可以去找医生，请他帮助决定。

我患有脊柱骨关节炎，这是否

意味着我已经得了骨质疏松症？

　　不，脊柱骨关节炎与脊柱骨质疏松症是完全不同的疾病，前者是关节的疾病而非骨质的减少，可在X线片上对二者加以鉴别。骨关节炎是很常见的疾病，主要发生于老年人，会引起受累关节的疼痛，包括脊柱的关节。有证据表明患脊柱骨关节炎的人很少发生骨质疏松症，反之亦然。

骨质疏松症引起的脊柱骨折会损害脊神经并引起肌无力或瘫痪吗？

　　不，骨质疏松症引起的脊柱骨折很少损害脊髓或神经根。如果背痛并沿一侧或双侧腿向下放射，伴或不伴肌力减退或感觉改变，更可能是椎间盘突出或其他原因引起的。

我患有乳腺癌，并正用他莫昔芬治疗，据我所知他莫昔芬是雌激素拮抗剂，它是否会增加发生骨质疏松症的危险性?

不，他莫昔芬治疗乳腺癌很有效，并在乳腺组织中发挥抗雌激素作用。但它对骨的作用却类似雌激素，能在绝经后对抗骨量减少，所以很可能会降低患骨质疏松症的危险性。

我母亲骨质疏松很严重，并有脊柱骨折，身高减少了数厘米，现在开始治疗是否太晚了?

不，即使是很严重的病例，任何时候开始治疗都不会太晚。虽然现在没有药物可以治愈该病，但现已有药物能减少再次发生骨折的危险性。

当我接受激素替代疗法治疗时，我需要常规检查吗?

许多医生会让接受激素替代疗法治疗的女性患者每隔6个月或1年接受一次体检。50～65岁的女性可每3年常规做一次乳房X线照相术与摄片检查。无需更频繁地检查。若激素替代治疗后出现不规则阴道出血，并且治疗的头3个月后仍在出血，你应该找医生看病，并有可能要做子宫内膜活检。

怎样才能知道骨质疏松症的治疗是否起效?

没有早期征象能够表明治疗是否生效。用于预防骨质丢失的药物对疼痛无效，所以不要期望它们能快速改善疼痛及行动不便等症状。测定骨量是判断治疗是否有效的最好方法，但也需在治疗1～3年后骨量才能发生改变。

术语

痛性营养不良：
　　腕骨骨折后可能产生手部疼痛、肿胀、僵硬。

闭经：
　　在绝经前停止月经来潮。

骨矿物质密度／骨密度：
　　骨或骨组织的量。

骨扫描：
　　测定骨密度的方法。

柯利斯骨折：
　　桡骨远端骨折，也称腕骨骨折。

贵妇式驼背：
　　脊柱上部弯曲。

双能X线吸收测定法(DXA)：
　　测量骨密度的方法。

子宫内膜癌：
　　子宫内膜发生癌症。

骨折：
　　骨断裂。

HRT：
　　激素替代治疗。

热疗(水疗)：
　　在温水中轻微活动。

子宫切除术：
　　切除子宫的手术。

绝经：
　　月经周期停止。

雌激素：
　　一种女性性激素。

成骨细胞：
　　能生成新骨的骨细胞。

破骨细胞：
　　破坏骨组织的细胞。

骨峰值：
　　成人所能达到的最大的骨量。

理疗：
　　帮助缓解症状的物理治疗。

孕酮(黄体酮)：
　　一种女性性激素。

孕激素：
　　激素替代疗法中常与雌激素共同使用的一种激素。

TENS：
　　经皮神经电刺激。

睾酮：
　　男性性激素。

椎骨：
　　组成脊柱的骨头。

索引

Abidec 74 ~ 75
Cacit D_3(维生素D_3) 74 ~ 75
Calcitonin(钙素) 44, 78
Calcitriol(钙三醇) 76 ~ 78
Dalavit 74 ~ 75
Deca-多宝灵 79
Fosamax 71 ~ 72
HRT 见激素替代疗法
raloxifene 80
TENS 见经皮神经电刺激
X线 35 ~ 37, 40

A

阿尔茨海默病 62
癌
　恶性黑色素瘤 65
　骨髓瘤 23
　骨质疏松症危险 21, 23, 89
　激素替代疗法 57, 62 ~ 65, 67
　卵巢 62
　治疗 21, 89
　乳腺 62 ~ 65, 67, 89
　子宫内膜 57, 62, 65

B

背
　参看脊柱、椎体骨质疏松
　变形 31, 46
　痛 26, 29 ~ 30
闭经 14 ~ 16, 21, 49
病史 9 ~ 10

C

肠道疾病
超声 36 ~ 37
超声振幅衰减(BUA) 36 ~ 37
成骨细胞 13
痴呆 25
雌激素 16, 20 ~ 21　也见于激素替代疗法

D

胆石 66
蛋白质摄入 23, 50
地理分布 8
癫痫 67

E

恶性黑色素瘤 65
儿童
　骨峰值 14 ~ 16, 23, 24
　骨质疏松症 36, 84 ~ 85
耳硬化症 66
二膦酸盐 69 ~ 73, 84 ~ 86
阿仑膦酸钠 71 ~ 72
　非绝经后骨质疏松 84 ~ 86
　副作用 70 ~ 72
　激素替代疗法比较 73
　羟乙膦酸钠 69 ~ 71

F

非洲-加勒比人 19

肺部疾病 21
肺栓塞 63
风湿病 21
氟化钠 78~79
副作用
　HRT 59~63
　raloxifene 80
　二膦酸盐 70~72
　氟化钠 78~79
　钙剂 78
　钙三醇 77
　同化甾体化合物 79

G

钙
　补充 74~75，80~82
　二膦酸钙 69~71
　骨钙 11
　缺乏 23，48~49
肝病
　HRT 65，66
　骨质疏松危险 23，37
高钙尿症 76~77
高钙血症 76~77
高血压 66
睾丸酮 86
股骨 32~33
骨
　也见于骨峰值
　X线 35~37，40
　变薄 7，14
　变软 23
　骨骼 12
　骨矿物质密度(BMD) 36
　骨量 14~16，20，35~37
　骨密度测定 35~36，38~39
　骨髓 13，23，37
　骨质疏松的 11，13~15
　结构 11，13
骨峰值
　闭经 14~16，21

体力活动 24
体重减轻 49
遗传因素 20
骨骼 12
骨关节炎 88
骨量减少
　测定 38
　防治 48~83
　机制 13~14
　年龄相关性的 16~17
骨密质 11，13
骨软化 23
骨髓瘤 23，37
骨折
　脊柱 28~32，37
　既往史 22
　髋部 8，20，32~34
　腕部 8，26~28
　危险 24~25
骨质疏松相关病 9，21~23
固定术 43~44，51
关节炎 24，88

H

合成类固醇 79
怀孕 65
黄体酮 57~58

J

激素
　雌激素 14~16，20~21
　睾丸酮 86
激素替代疗法
　长期治疗 55~56，64，66~67
　单独雌激素 57~58
　二膦酸盐 73
　检查 89
　副作用 59~63
　结合 57~63
　禁忌症 65~66

绝经前妇女 64, 85
时间性 64
危险 62~63, 65~68
优点 61~62, 64, 66~67
准备 57~61
疾病相关性骨质疏松 9, 21~23
脊柱 也见 脊椎, 骨质疏松
骨折 28~32, 37
弯曲 31, 46
脊柱弯曲 31
脊椎骨质疏松 9~10, 15, 28~32
甲状腺疾病 22~23, 37
胶原 11
经皮神经电刺激(TENS) 45
经皮准备 HRT 58~60, 65~66
精神问题 31~32, 46
颈部痛 31
静脉血栓 63, 65, 85
酒精
骨量 24, 52
绝经后骨质疏松症 9, 16, 84

K

咖啡因 23
柯利斯骨折 26~27, 90
口服避孕药
危险 63, 85
益处 16, 64, 85
口服激素替代疗法 58, 60
口服甾体疗法 21
口服止痛片 44~45
髋骨骨折
危险 8, 20
作用 32~34
髋骨替换 33

L

联合激素替代疗法 57~63
罗钙全 76~77

N

奶制品
钙 49, 50
维生素D 51
男性患者 9, 84, 86
年轻患者 9, 36, 84~85
尿液检测 37~38

P

皮下植入片, HRT 58
平衡 25, 53
泼尼松龙 21~22
破骨细胞 13

Q

气短 31
羟乙膦酸钠 69~71, 84~85
青春期
闭经 14~16, 21, 49
锻炼过度 21
骨峰值 14~16, 24, 49
身体不活动 24
神经性厌食症 16, 21, 49
体重减轻 49
饮食 23

R

桡骨 27
日常活动 31, 34
乳腺癌
激素替代疗法 62~65, 67
治疗 89

S

扫描 38, 40
深静脉栓塞 63
神经性厌食

闭经 16，21
　　骨量减少 49
肾疾病
　　非HRT治疗 77
　　骨质疏松症危险 23
生活方式因素 23～25，48～54
视力 53
衰老作用 8，16～17，32
双能X线吸收测定法(DXA) 35～36
死亡 8，34
松质骨 11，13，15
素食 50

T

他莫昔芬 89
糖尿病 67
疼痛
　　背 26，29～30
　　颈 31
　　头痛 31
　　腕 27～28
体力活动
　　过量 21，52
　　缺乏 24
　　治疗方法 45～47，51～52
体型 20
体重 49～50
体重承受锻炼 51～52
体重减轻 49～50
体重减轻 7，31
替勃龙 59
停经
　　HRT 55～68
　　定义 90
　　症状 60
　　作用 9～10，16～17
停经前妇女，HRT 64，85
痛性营养不良 27～28，43
头痛 31
驼背 31，90

W

外科
　　HRT 68
　　交感神经切除术 43
　　髋部骨折 33
　　症状和体征 7，26～34
腕骨骨折 8～9，26～28
危险因素
　　HRT 62～63
　　骨质疏松 19～25
维生素D
　　补充 51，73～76，78
　　缺乏 23，50～51，74
维生素D3 74
维生素D3 74
维生素D补充剂 51，73～76，78
物理治疗 45～46

X

心脏病 20，61
性别差异 8，16～17
血栓检塞 63，65，85
血液检验 37～38

Y

药片 见 口服
药片见口服避孕药
药物治疗
　　HRT 55～68
　　疼痛减轻 43～45
遗传性 见 遗传因素
遗传因素 19～20，88
阴道出血
　　未诊断出的 65
　　撤药后的 57～58，59
饮酒，影响 24，52
鱼油 50～51
孕激素 58
运动

过量21，52
缺乏24
治疗方案 25～27

Z

甾体化合物
引起骨质疏松 21～22，84～85
早熟停经 9～10，20
诊断 35～41
镇静剂 25
植入，激素替代疗法 58
治疗
HRT 55～68
锻炼 45～47，51～52
二膦酸盐 69～73
非HRT治疗 69～83

钙补充 49，74～75，80～82
髋骨骨折 33
评价 39，56
疼痛 42～47
同化类固醇 79
中风 25，62
周期性偏头痛 66
注射
同化类固醇 79
维生素D 75
子宫肌瘤 66
子宫内膜癌 57，62，65
子宫内膜异位症 66
子宫切除术 57，58
自我帮助 48～54
走路 51～52，53
坐骨神经痛 30

记录